W9-AHC-659

Mi hermano Paco

Mi hermano Paco

Gabriela Riveros Elizondo

Ilustraciones:
Jesús Castillo

CASTILLO

Derechos reservados
©Ediciones Castillo, S.A. de C.V.
  Priv. Francisco L. Rocha 7, Col. San Jerónimo
  C.P. 64630, Monterrey, N.L., México
  Tel: (52) 81 8347 6215
  Fax: (52) 81 8333 2804
  info@edicionescastillo.com
  www.edicionescastillo.com
  Ediciones Castillo forma parte del Grupo Editorial Macmillan

Mi hermano Paco
Serie: Blanca
© Gabriela Riveros Elizondo

Editor
Sandra Pérez Morales

Diagramación y formación:
Lorena Lucio Rodriguez y Susana C. Ramírez Cepeda

Ilustraciones:
Jesús Castillo

Miembro de la Cámara Nacional
de la Industria Editorial Mexicana,
Registro núm. 3304

ISBN: 970-20-0173-0

Impreso en México
Printed in Mexico

Primera edición: 2002
Primera reimpresión: 2004

Para Francisco, siempre niño,
por compartir conmigo su misión.

I

Paco, el durmiente

Paco ha dormido mucho tiempo, algo así como meses y años… A Natalia, su hermana mayor, le gusta guardar recuerdos de cuando Paco estaba despierto. Natalia pinta las imágenes en las hojas de su libreta roja y así, los recuerdos están vivos como el fresno radiante que vive frente a su casa. En la primera hoja del cuaderno, Natalia pintó a Paco bebé, jugando a *Los maderos de San Juan* con mamá. En la segunda página es un espadachín que vuela por las azoteas con su antifaz negro y su capa, en otras, vuela sobre el mar y se dirige hacia una isla desierta. Pero, después de una docena de dibujos, Paco aparece siempre dormido: acostado, sentado, pequeño, grande… vestido de vaquero, de bombero, de astronauta, pero siempre dormido…

Papá y mamá dicen que Paco se durmió después de un accidente en el auto. Sin embargo, Natalia está segura de que más bien tomó una pócima en una de sus múltiples

expediciones al sótano de la casa de los abuelos. Por supuesto que Natalia, durante muchas tardes, se internó en el sótano para buscar dicha pócima y aunque nunca encontró ni un frasco, ni una botella, ni algo que se le pareciera, desde entonces estuvo segura de que Paco despertaría algún día. Todo era cuestión de adivinar cuál era la fórmula secreta. Y en estas adivinanzas pasó el tiempo…

Recuerda cuando lo vio dormido por primera vez: Paco estaba acostado en la cama de un hospital con la cabeza vendada. Aunque ella creía que sólo las momias usaban vendas, supo de inmediato que Paco no estaba jugando. Su mamá tenía los ojos brillantes y pequeñitos, el doctor, una bata muy planchada y unos anteojos muy gordos por los que asomaba una miradilla asustada. Natalia supo por esto, por tanto silencio y porque había una agujita en la mano de Paco, que su hermano ya no era el mismo. ¿Cómo iba a estar tan tranquilo si le habían puesto una aguja en la mano?

—Mamá, ¿cuando le quiten esa inyección, va a despertar? ¿Esa vacuna tiene magia para dormir?

—No, Natalia… No es una vacuna, es suero. No sabemos cuándo va a despertar…

Esa escena estuvo dando vueltas en la cabeza de Natalia durante días y noches. No entendía cómo Paco podía estar tan dormido y qué era eso de "suero"… Natalia prefirió no hacer más preguntas para no ver tristes a papá y mamá. Por las noches planeaba cómo despertarlo.

La primera noche que Paco volvió a casa, Natalia se escabulló de su cama para llegar hasta él y hablarle, abrir sus párpados, su boca, hacerle cosquillas. Pero él no despertó. Las noches siguientes, esperaba a que papá y mamá durmieran para salir de su cuarto e intentar toda clase de experimentos: le llevaba nieve de pistache, chocolates en forma de

balón de futbol, paletas gigantes, la primera piedra que Paco recogió de un parque —mamá la guardaba en su clóset—, un libro con animales tridimensionales, su antiguo biberón, la marimba miniatura que le trajo el tío Eulalio, una tina con agua y esponjas de colores. Después pensó que tal vez estaba cansado de sus cosas y le llevó las de ella: collares multicolores, un espejo que cuenta historias, el libro del ratón que sabía volar, un juego de desarmador y martillo que él envidiaba, el sombrero de pirata, la vaca-títere y una capa de reina. Pero tampoco dio resultado…

Cada día, antes de dormir, pedía que Paco despertara a la mañana siguiente. ¿Por qué de pronto se había quedado tan dormido? Nadie que ella conociera tenía un hermano dormido siempre. ¿Por qué no podía volver a ser como antes, un niño normal, si todos lo eran? Natalia pensaba que ser normal era lo más fácil. ¿Cómo entre tantos niños que había visto en el *kinder*, en las piñatas, en su familia… no había alguien así? ¿Por qué eligieron a su familia para dormir a un niño? Cada mañana, muy tempranito, corría al cuarto de Paco con la seguridad de que ese día sí estaría despierto, de que todo había sido un mal sueño... Pero su hermano seguía inmóvil, con los ojos cerrados. Con el tiempo su cuerpo se había puesto largo y delgado, su carita serena...

—Si fuimos escogidos de entre tantas familias para tener con nosotros a un niño diferente, es que todos nosotros somos especiales —dijo un día mamá.

Con todo lo sucedido, Natalia estaba segura de que ella era distinta. Debía tener una misión importante y quizá tendría que comenzar por despertar a su hermano. Así que siguió ideando formas para hacerlo.

—Entre más aburrido, más dormido. Debo distraerlo —se dijo a ella misma.

Entonces inventó obras de teatro y se disfrazó de princesa, de gallina, de payaso, de bruja, de doctora, de oruga, de mago y de un montón de cosas más. Cuando se cansó de disfrazarse, se le ocurrió

que contándole historias miste-
riosas podía hacer menos pesado
su papel de durmiente. Tal vez el
miedo o un susto lo despertarían...
Embrujos, fantasmas, ahorcados y
aparecidos desfilaron por sus
relatos... A veces, Natalia temblaba
de miedo, pero su hermano, como
si nada... Por supuesto que
también le contó la historia de *La
bella durmiente*; hasta trajo a Elvira,
la niña más bonita de su salón
vestida de princesa. Elvira no

estaba muy convencida de besarlo,
pero lo hizo ante los ruegos de
Natalia. Y tampoco funcionó…

Aunque Paco seguía inmóvil,
Natalia pasaba horas contándole las
travesuras de sus amigos, lo
emocionante que eran los
toboganes de agua, la fiesta de
Navidad en casa de los abuelos, los
juguetes nuevos de su primo
Humberto… Después, le dijo que
tendrían una hermanita y le
prometió que, si despertaba, haría
lo posible por convencer a sus
papás de que tuvieran un

hermanito. Aun cuando estaba triste o la regañaban sus papás, Natalia también iba a platicarle a Paco y, a veces, hasta lloraba con él.

Así pasaron los días, semanas, meses… y nada funcionaba. Incluso hacía ya tres años que había nacido Cecilia, una niña preciosa. Natalia ahora estaba en cuarto año, tenía diez años y sabía, más que nunca, que su misión no sería fácil. Pero no se daría por vencida.

Entonces se le ocurrió que Paco nunca había tenido una fiesta para él. ¡Quizá esto podría funcionar!

Pidió ayuda a su mamá y durante
semanas dedicaron toda su energía
a organizar la fiesta. Sería el dos de
junio, día en que Paco cumpliría
ocho años, en el inmenso jardín de
los abuelos. Invitaron a primos,
amigos de Natalia, vecinos, algo así
como… ¡cien niños! Además, habría
abuelos, tíos y compadres de papá
y mamá. Llenarían el jardín de
globos y flores de papel… casi una

feria: algodones de azúcar, tiro al blanco, exhibición de mascotas, concursos de baile, payasos inflando globos, casa de espantos, carritos con flautas, enchiladas y sopes, columpios, resbaladeros, un pastel enorme que diría "Paco" con letras gigantes y ocho velitas, tres piñatas repletas de dulces y, además, los personajes favoritos de Paco que repartirían autógrafos y se retratarían con los invitados.

Por fin, llegó el día esperado; era un sábado soleado. A media tarde, comenzaron a llegar todos: saludos por aquí, por allá… Natalia decidió que Paco no saldría hasta que todos los invitados estuvieran en la fiesta y se acomodaran alrededor del pastel.

Una vez que abuelos, tíos, niños, vecinos, compadres y primos se dispusieron como Natalia ordenó, papá y mamá trajeron a Paco y lo acomodaron en el centro. Prendieron las ocho velitas y todos

cerraron los ojos para pedir su
deseo… Natalia comenzó a cantar:

—*Éstas son…*

Y todos siguieron a coro:

—*…las mañanitas, que cantaba el
rey David, hoy por ser día de tu santo
te las cantamos aquí… Despierta, mi
bien, despierta…*

Y de pronto, un súbito silencio
inundó la fiesta… Al mismo
tiempo, los cien niños, papás, tíos y
abuelos palidecieron embobados…
¡Paco estaba despertando!

II

¿Dónde estuvo Paco mientras dormía?

Ni qué decir del alboroto que causó el despertar de Paco. Mamá saltaba como chapulín. Papá se quedó pálido como una tortilla. Natalia se olvidó de la fiesta y corrió a su recámara por la libreta en la que durante seis años había guardado los recuerdos de Paco. Cecilia, la pequeña, se acercó para tocarlo y hacerle unos "ojitos". Además, la abuela se desmayó de la emoción y cayó sobre Tuti, la perrita, y aunque todos se preocuparon por la abuela, no le pasó nada; en cambio, a Tuti se le rompió una pata y tuvieron que ponerle una venda.

El primo Humberto corrió por sus espectaculares juguetes para mostrárselos a Paco; el abuelo le regaló un barco pirata que él mismo había construido… Niños y niñas le llevaban algodones morados y dulces galácticos… Sus personajes favoritos bailaban

rock y, ya caída la tarde, el tío Eulalio sacó su guitarra para cantar. La fiesta duró hasta la media noche…

—Pero… ¿por qué te dormiste tanto tiempo? —le preguntó Natalia una vez que los invitados se fueron.

—No estuve dormido.

—¡Cómo que no estuviste dormido! ¿Entonces qué hacías acostado con los ojos cerrados?

—Fui a otra parte.

—No puede ser… se me hace que se te zafó un tornillo.

—Algún día te llevaré para que veas.

Papá, mamá, Natalia y Paco pasaron la noche platicando sobre tantas cosas que habían sucedido en los últimos años. Se durmieron al amanecer.

A media mañana, ya estaban todos los primos tocando el timbre para jugar con el *nuevo Paco*. Se organizó un comida familiar en la casa de los abuelos, de ésas en las que hay pierna de puerco, tortillas calientitas, pico de gallo, olores a cilantro, a empanadas de calabaza, leche quemada, los juguetes sorpresa que esconde la abuela, primos que resbalan por el barandal de la escalera, abuelas que tocan el piano y un tío Eulalio su marimba, guitarra, tambores, maracas… y

todos platican mientras más tíos llegan con otros primos, y los bebés duermen allá arriba, fresquecitos.

Natalia iba junto a Paco todo el tiempo. Como típica hermana mayor, quería decirle a su hermano qué debía hacer y decir… le presentaba a todas las personas, objetos y palabras que los rodeaban.

—A los tíos debes darles la mano derecha para saludarlos.

—¿Y por qué la mano derecha?

—Ella es tu tía y debes darle un beso en la mejilla.

—¿Por qué no mejor le doy la mano?

—Ésta es una *silla plegadiza*, casi igual a una silla, pero ésta se dobla así...

—Todos los muebles deberían ser plegadizos, habría mucho más espacio en las casas.

—Éstos son tubos para rizar el cabello de las mujeres, se los ponen en la cabeza y los detienen con un pasador.

—¿Y para qué quieren el pelo rizado?

—La señora que ves en la foto es la abuela y éste es su perro favorito…

—Natalia, no necesitas explicarme todo… Todos creen que yo dormí muchos años, pero la verdad es que no estuve dormido… me daba cuenta de muchas cosas.

Llegó la hora de comer, Natalia ayudaba a la abuela y entre tanto ajetreo, nadie se dio cuenta de que Paco ¡había desaparecido!

Mientras Natalia ponía la mesa, notó que había un sobre rotulado con su nombre. Lo abrió y leyó una nota:

Ve al sótano y empuja el mueble que está en la última habitación.

Recogió el sobre y al darse cuenta de que nadie la observaba, se alejó del comedor. Al pasar por el reloj, el pajarito del cucú salió a anunciar las dos de la tarde.

El sótano es una región de la casa muy distinta. Allí no llega el ruido de las risas, los trastes o la música.

Es un lugar callado, color polvo, en donde las cosas siempre están iguales, como si el tiempo no pasara. Cuando Natalia entró ahí, puso especial atención en los muebles cubiertos por sábanas, ella les llamaba "fantasmuebles".

Caminó hasta el cuarto del fondo;
lo único que se escuchaba era el eco
de sus pasos... Vio un armario
gigante junto a la pared.

—Nunca voy a poder mover esto
yo sola... voy por ayuda.

De pronto, la puerta de la
habitación comenzó a cerrarse...
Natalia corrió para detenerla,
pero... ¡ya estaba cerrada y con
llave! Iba a gritar pidiendo ayuda
cuando de pronto, ¡el mueble
comenzó a moverse!
Tras él había una
puerta con dibujos
hechos por niños.

Natalia la abrió
y allí apareció
un túnel. Entró
en él. Entonces
se quedó
completamente
a oscuras.

—¡Auxilioooooooo!

A lo lejos, escuchó la voz de Paco que le decía:
—Camina hacia el frente… siempre hacia el frente…

III

Los dos reinos

Natalia no veía naditita por más que abría los ojos. Extendía los brazos y alargaba las manos para no tropezar. Caminó durante mucho tiempo con las palabras de Paco en la mente… hasta que cayó dormida.

—Despierta ya, estoy cansado de esperarte —le dijo un viejo mientras tocaba su cuerpo con un bastón.

—¿Es a mí?

—Sí… a quién más…

—¿Quién es usted?

—El Mensajero. Ya levántate, tenemos mucho qué hacer.

—¿Dónde está Paco, mi hermano?

—Ya lo verás.

Natalia se puso de pie y al caminar tras el viejo, se dio cuenta de que con cada paso que daba, la hojarasca murmuraba una palabra.

—*No…*

—*Los…*

—*Despiertes…*

Natalia distinguió a través de la oscuridad un bosque repleto de niños profundamente dormidos. Había bebés, niños y niñas, gordos, flacos, altos, chiquitines, de todos los colores y sabores… unos estaban recostados sobre las ramas de árboles, otros entre arbustos, en pequeñas madrigueras, junto a rocas, sobre la tierra, en cuevas…

¡era como una plaga de niños durmientes!

—Disculpe, señor Mensajero, ¿dónde estamos?

—En el Reino de los Cuerpos Distintos…

—¿De los cuerpos distintos?

—Aquí viven los niños que tienen una misión especial y por lo mismo, son diferentes. Y no sólo eso, este reino se divide en tres pueblos: Durmientes, Vista Nublada y Sentados.

—Vaya nombrecitos… supongo que éstos son los Durmientes…

—Sí, fueron traídos de la Tierra para soñar… cada uno debe dormir durante seis años y luego volverá con su familia…

—¿Los traen hasta aquí sólo para soñar?

—Sus sueños son diferentes a los que tenemos tú o yo. Nuestros sueños son fantasías que no podemos transmitir a alguien más: son individuales. En cambio, para los Durmientes soñar es un trabajo colectivo. Al soñar, todos ellos comparten un mundo y desde ahí, crean las leyes que hacen que muchas de las cosas que vemos en la Tierra, sucedan.

—¿Como qué cosas?

—Sueñan que el agua no salga del mar para inundar la tierra… que llueva para que los cultivos crezcan… que cada tarde se pinte un atardecer distinto en el horizonte… que cada animal tenga un idioma diferente… que las estaciones no se retrasen…

que las estrellas sigan brillando sobre las ciudades... que los pájaros aprendan a volar... que no haga tanto calor, ni tanto frío... Sin el sueño de estos niños, el mundo sería un caos y nadie podría habitarlo.

—¡Entonces, no debemos despertarlos!

—Pues no, pero todos tienen una familia que los ama e intenta interrumpir su sueño.

—*Ups*... Nosotros fuimos una de ésas... Oiga, ¿me va a dormir a mí también?

—Claro que no. Tú tienes que rescatar a Paco porque... lo secuestraron.

—¡No lo sabía! ¿Quién... los Vista Nublada? ¿Los Sentados?

—No, ellos no fueron. Pero calma… cálmate… Tu hermano está sano y salvo… Los Vista Nublada y los Sentados también son niños especiales que ayudan a resolver los asuntos difíciles de los seres humanos. Los niños de Vista Nublada no ven con los ojos, pero

tienen la facultad de ver con el corazón… Cómo te diré… ¿Has visto una mamá que cuida a su bebé enfermo sin dormir durante días y noches…?

—Sí, mamá lo hizo cuando Paco se durmió.

—Conocimos a un soldado que regresó a la zona de combate para salvar a un compañero herido…

—Por favor, ¡dígame dónde está mi hermano! —lo interrumpió Natalia.

—No puedo decírtelo ahora... primero tienes que escuchar todo lo que te voy a contar...

—Prométame, con su palabra de Mensajero, que después me dirá dónde está.

—Juro… por la mejor colección de timbres, que te diré en dónde está.

—Ya puede seguir.

—Los niños de la Vista Nublada cierran sus párpados durante años y nace en ellos la facultad de ver con el corazón. Desde su imaginación solucionan los problemas de muchísimos hombres, mujeres y niños.

—Pero, creo que eso nadie lo sabe en la Tierra…

—Así es. Si eres un niño elegido para una misión debes hacer tu trabajo guardando el secreto. Se necesita mucha valentía y sencillez para no dar explicaciones. Todos querrán despertarte, ayudarte a ver con los ojos, a caminar…

—¿A caminar?

—Sí. Sucede que el tercer grupo de niños es el de los Sentados. Ellos no pueden caminar porque prestaron esa facultad.

—¿A quién?

—Pues... hay países en guerra y la gente que vive en los pueblos necesita salir de su casa corriendo con sus hijos en brazos...
y así corren día y noche para salvar su vida... Se necesita que un niño especial esté sentado para que las piernas de los fugitivos tengan fuerza...

—Ya entiendo... Por allá en la Tierra creen que los niños dormidos, los que no ven con los ojos o los niños sentados, trabajan menos.

—No los entienden. Por eso no deben revelar su secreto.

—Y, ¿qué pasa si algún niño lo revela?

—¡*Uff*...! Pasa a vivir al Reino de los Cabeza Vacía para siempre.

—Y ése, ¿en dónde está? ¿Ahí está Paco?

—No precisamente, Paco está prisionero en el Jardín de los Mil Obstáculos. Debes saber que él no reveló su secreto. Lo tienen preso por otras razones que ya te explicaré…

—Por favor, ayúdeme a rescatar a mi hermano.

—Deja que termine mi historia…
No lo vas a creer, Natalia, pero el
Reino de los Cabeza Vacía está en la
Tierra.

—No puede ser… Nunca he
escuchado algo que se le parezca…

—Pertenecer a ese reino es uno de
los peores castigos que un ser
humano puede tener… Estos niños
parecen normales, pueden caminar,
están despiertos, ven con los ojos,
van a la escuela, a las piñatas… ¡Te
rodean todo el tiempo!

—¿Qué les pasa entonces?

—Algo terrible: ¡han perdido la
imaginación!

—¿Cómo voy a reconocer a uno
de ésos?

—Pues verás… Al principio es
difícil notarlo a simple vista.
Imagínate —tú sí puedes hacerlo—
que estos niños ni siquiera
saben que están enfermos de falta
de imaginación, porque ¡no pueden
imaginar cómo sería su vida si la
tuvieran!

—Es bastante enredoso.

—Los niños sin fantasía no se interesan por tener aventuras ni amigos nuevos… Su mente siempre está en blanco, viviendo el presente. No pueden jugar si no

tienen juguetes, porque no pueden imaginar que son otra persona, no pueden dar vida a los objetos. Sólo creen en lo que ven, en lo que tocan.

—Me parece que hay uno de ésos en mi salón...

—Además, no quieren ser alguien cuando sean grandes, ya que no imaginan algo. ¡Su futuro es una mancha difusa! No les interesa bañarse o cortarse el cabello, porque no imaginan que se verían mejor; lo hacen por obedecer. No tienen interés por conocer otros países, por subir montañas o ir al mar... porque cuando alguien les habla de eso, no ven nada en su mente.

—¡*Uuuy!* ¡Deben ser aburridísimos!

—Te vas a sorprender; pero para el mundo de hoy no son extraños, porque son niños muy activos y mientras se mantengan ocupados frente a pantallas o haciendo tareas, a nadie le interesa su falta de imaginación. A veces ni a sus mismos papás. En ocasiones, pasan inadvertidos.

—¡Qué horrible!

—Estos niños tampoco pueden soñar, no hay imágenes en su mente. No se preocupan por construir un mundo mejor porque no lo pueden imaginar…

—Pero, entonces… no entiendo…
¿Por qué secuestraron a Paco, si no
reveló su secreto?

—Porque Paco tiene dos cosas
que ellos quieren… Primero: el
secreto que el Durmiente más
sabio le confió mientras dormía.
Segundo: le quieren robar su
imaginación que, como es infinita,
con sólo una tienen para todos.

—¿Cómo voy a llegar al jardín
donde está Paco?

—Lo verás pronto… ¡Ven! ¡Corre, corre!

—¿Qué pasa?

—Uno de los Durmientes está a punto de despertar y si te ve, nunca podrás regresar a la Tierra.

Natalia corrió con todas sus fuerzas bajando la montaña. Volvió la vista atrás y se dio cuenta de que se había quedado completamente sola.

IV

El secreto del Sabio Durmiente

Los rayos del sol iluminaron las mejillas de Natalia; despertó sobre la hierba fresca. Un pájaro morado y enorme —casi del tamaño de un elefante— llegó volando hasta ella.

—Buen día, bella Natalia, mi nombre es Mensajero del Mensajero.

—Hola, mucho gusto... ¿me podría decir...?

—Disculpa la interrupción, no hay tiempo que perder... El Mensajero te envía este recado...

Sin embargo, antes de que lo leas
quiero decirte esto:
tengo entendido que tú no
perteneces a este reino
y que deseas volver
a tu casa… He
ideado una forma
para que lo hagas
sin peligro…

—¿Puedo
salvar a Paco
sin peligro?

—Me temo que no.

—Entonces no me
interesa. Estoy decidida
a ir por mi hermano
cueste lo que cueste…
Ya esperamos años
a que despertara…
No voy a
abandonarlo ahora.

—Eres una persona muy
valiente, Natalia. Tendrás que
afrontar muchos riesgos si entras al
Jardín de los Mil Obstáculos…
a decir verdad: nadie ha podido

salir de ahí… pero en fin… Mucha suerte.

Mensajero del Mensajero la abrazó entre su plumaje morado y Natalia sintió cosquillas detrás de las orejas… el ave abrió sus alas, le guiñó un ojo y se alejó volando con unos aleteos tan ruidosos que Natalia tuvo que taparse los oídos.

EL JARDÍN DE

La vida de Paco peligra. Te queda una hora para llegar a él y salvarlo. Camina hasta la puerta del jardín y allí estarán dos niños para ayudarte. Los reconocerás por el olor de las flores.

S MIL OBSTÁCULOS

—¡Una hora! ¡Cómo voy a atravesar ese jardín en una hora!

Natalia abrió bien su nariz y respiró hondo… cerró sus ojos y durante un rato caminó siguiendo el olor. Por fin, llegó a una reja muy adornada que decía:

El jardín de los mil obstáculos

A un lado, había un niño en silla de ruedas y del otro, una niña con bellos ojos verdes.

—No perdamos tiempo. Todos queremos que Paco se salve —dijo la niña—. Entra al jardín y corre hasta salvarlo. Mi amigo estará sentado para prestarte la fuerza de sus piernas y yo apretaré bien mis párpados para que puedas ver con el corazón… Sin miedo podrás vencer todos los obstáculos.

Natalia leyó el letrero de nuevo, respiró profundo y asomó su cara hacia adentro. No vio algo que se pareciera a un jardín, sólo un laberinto que se abría hacia abajo, oscuro y apestoso. Unos brazos pegados a la pared se alargaron para tocar su cara. Natalia corrió hacia adentro, vio cómo se cerraba la reja y escuchó, desde la oscuridad, un rugido espantoso (como de cien dragones furiosos). Tras el rugido ¡el laberinto se desmoronó en mil pedazos! Natalia cayó… y cayó… hacia el fondo… Afuera, la niña apretó sus párpados

y el niño dejó de sentir sus piernas.
Enseguida escucharon unas voces
horrorizadas que gritaban:
¡*Nataliaaaaa!* Y después… todo fue
silencio…

   Nunca se supo exactamente qué
fue lo que Natalia vivió en el Jardín
de los Mil Obstáculos. Ahora se
dice que Natalia está escribiendo
el libro en el que relatará
sus aventuras. Se cree
que fueron las
pruebas más
difíciles de
superar

que jamás se hayan enfrentado: fieras voraces de otras galaxias, demonios perversos, plagas y hechizos… De lo que estamos seguros es de que Natalia sobrevivió y logró recuperar a Paco por segunda vez: primero,

al despertarlo con la fiesta y
ahora, al rescatarlo del poder
de los Cabeza Vacía.

Cuando Natalia y Paco regresaron a
casa de los abuelos se dieron cuenta
de que el tiempo se había detenido.
Subieron las escaleras del sótano y
el cucú del reloj seguía anunciando
las dos de la tarde.

Cu-cú, cu-cú…

—Qué raro… no ha pasado el
tiempo…

Cu-cú, cu-cú…

—Natalia, quiero darte las
gracias… por tus cuentos y
disfraces… por considerarme tan
importante mientras dormía… por
la fiesta… por rescatarme del
jardín… los Cabeza Vacía
estuvieron a punto de conocer mi
secreto y quitarme la imaginación…

—Está bien, no tienes que darme
las gracias… No lo hice sola… Oye,
Paco… ¿qué soñaste tantos años?,
¿un secreto?

—Sí. El deseo de un Sabio Durmiente. Me encomendó la creación del tercer reino; lo formarán un grupo de niños cuya misión será devolver la imaginación a los del Reino de la Cabeza Vacía y ayudar a que en el mundo valoren la labor de los niños del Reino de los Cuerpos Distintos: los Durmientes, los Sentados y los Vista Nublada.

—Y, ¿cómo sabremos quiénes serán los niños del tercer reino?

—Llevan una estrella color naranja pequeñísima detrás de las orejas.

Natalia y Paco corrieron hasta la mesa del comedor en donde los abuelos, tíos, primos y padrinos se disponían a comer.

—¡Salud! —gritaron a coro.

—¡Por el gusto de tener a Paco despierto entre nosotros!

—¡Salud!

—¡Por Natalia!

—¡Salud!

Aquella tarde, después de la comida, Natalia subió silenciosamente hasta el cuarto de la abuela. Llegó hasta el espejo largo, miró su cara, se miró de perfil y entonces descubrió cómo una estrellita naranja brillaba atrás de su oreja…